Impressum

© 2020 Rolf Naumann, Bielefeld

Erste Auflage 2015
Zweite Auflage 2020

Umschlaggestaltung: Lennart Naumann, Bielefeld
Redaktionelle Beratung: Martina Bauer, Bielefeld
Verlag und Druck: tredition GmbH, Halenreie 40-44, 22359 Hamburg
Umschlagfotos: Panorama von Bielefeld (Titel- u. Rückseite), © Bielefeld Marketing GmbH / Foto: deteringdesign GmbH; Titelseite: Bach-Denkmal in Leipzig (l.), Foto: Pixabay; Leineweber-Denkmal in Bielefeld (r.), © Bielefeld Marketing GmbH; Rückseite: Portraitfoto Rolf Naumann (oben r.) und Rolf Naumann (Mitte) mit seinen Eltern Martha und Georg Naumann, © Archiv Rolf Naumann; Kunsthalle Bielefeld (oben l.), © Bielefeld Marketing GmbH / Foto: Marc Detering; Altes Rathaus Leipzig (Mitte l.) und Völkerschlachtdenkmal in Leipzig (Mitte r.), Foto: Pixabay

ISBN Taschenbuch: 978-3-347-07568-9
ISBN Hardcover: 978-3-347-07569-6
ISBN e-Book: 978-3-347-07570-2

Bibliografische Information der Deutschen Nationalbibliothek:
Die Deutsche Nationalbibliothek verzeichnet diese Publikation in der Deutschen Nationalbibliografie; detaillierte bibliografische Daten sind über http://dnb.d-nb.de im Internet abrufbar.

Inhalt

1. Kapitel

Ein tränenreicher Abschied

„Sondermeldung, Sondermeldung" tönte es aus der „Goebbels Schnauze" (1). Wir schrieben das Jahr 1940, der Beginn meines Erinnerungsvermögens. Ich war ein fünfjähriger Knirps und mein Vater (2) seit September 1939 bei der Wehrmacht. Deutschland befand sich im Krieg mit Polen und Frankreich und ich kann mich noch gut an den ersten Urlaub meines Vaters erinnern. Er brachte mir einen Baukasten und ein Miniaturauto aus Frankreich mit. 1941 begann der Krieg mit Russland und er kam an die Ostfront. Smolensk und Witebsk hießen die Orte, von denen er schrieb. 1941 kehrte er halb erfroren und krank zurück und wurde in ein Krankenhaus nach St. Pölten (3) gebracht.

Dank der finanziellen Hilfe meiner Tante Friedel (4) konnten meine Mutter (5) und ich meinen Vater im Krankenhaus besuchen. Wir blieben sechs Wochen und ich ging nun vorerst in St. Pölten in die Schule. Dort wurde noch die Sütterlinschrift gelehrt, welche ich schnell beherrschte. Bei einem Ausflug in die Wachau (6) beeindruckten mich besonders das Stift Melk mit der schönen Aussicht auf die Donau und die Ruine Dürnstein. In Spitz an der Donau bin ich zum Zeitvertreib mit der Fähre von einem Ufer zum anderen gefahren, bis meine Eltern vom Einkaufen zurückkamen.

Es war Frühjahr und wir fuhren mit der Mariazeller Bahn nach Mariazell (7). Zum ersten Mal sah ich dort die schneebedeckten Berge. Schon aus weiter Ferne funkelte mich der Ötscher (8) an. Wenig später kam mein Vater zu einer Genesungskompanie nach Metz (9). Fortan ging ich dort zur Schule. Meine Mutter und ich hatten ein Zimmer bei einer älteren Dame gemietet. Diese sprach allerdings nur französisch. Schon als Kind von sieben Jahren hatte ich den Eindruck, dass kein Mensch Deutsch sprach oder sprechen wollte. Um meine neue Umgebung zu erkunden, bin ich mehrmals auf eigene Faust losgezogen. Mit der Straßenbahn von einer Endstelle zur anderen pendelnd, habe ich nach und nach alle Linien abgefahren und die Stadt kennen gelernt.

Auf einer langen Fahrt mit meiner Mutter zu meinem Vater nach Metz hatte ich meine ersten Erlebnisse mit dem Krieg. Wir waren abends mit dem Schnellzug von Leipzig abgefahren. Auf der Höhe von Frankfurt gab es plötzlich Fliegeralarm. Die mitreisenden Landser beobachteten aus dem verdunkelten Fenster das Geschehen. Scheinwerfer erleuchteten den Himmel – sie sollten die feindlichen Flugzeuge in das Licht ziehen. Ich bin irgendwann eingeschlafen. Im frühen Morgenlicht sah ich in Saarbrücken die ersten zerbombten Häuser.

Einmal haben wir in Gravelotte, rund 15 Kilometer von Metz entfernt, das Grab eines Onkels meines Vaters gesucht und tatsächlich auch gefunden. Dieser Onkel war im 19. Jahrhundert im Deutsch-Französischen Krieg (10) gefallen. Das Grab war noch gut erhalten.

Wir wohnten damals in der Nähe der Kaserne in Martinsbann (11). Die Kaserne selbst, in der mein Vater und seine Genesungskompanie untergebracht waren, durften meine Mutter und ich allerdings nicht betreten. Sieben bis acht Wochen ist er dort geblieben – dann wurde mein Vater wieder „kv" („kriegsverwendungsfähig") geschrieben.

Für ein paar Tage Urlaub hat er uns noch einmal nach Leipzig begleitet, dann musste er wieder an die Ostfront. Meine Mutter und ich sind mit ihm vom Hauptbahnhof aus eine kleine Strecke mitgefahren. Es war ein tränenreicher Abschied im Zug. Mit der Straßenbahn sind wir zu zweit zurück nach Hause gefahren. Das war das letzte Mal, das ich meinen Vater gesehen habe.

Jetzt kam der Krieg immer näher. Wir wohnten am östlichen Stadtrand von Leipzig in der Karl-Bücher-Straße 12, in einem von drei Wohnblöcken, die aus jeweils drei Häusern bestanden. Pro Eingang lebten hier acht Familien. Wir wohnten in der zweiten Etage und hatten einen wunderbaren Blick über die vor unserem Häuserblock liegenden Schrebergärten, das Dach vom Straßenbahndepot und auf die Hohburger Berge in der Nähe von Wurzen. Für uns Kinder waren die 150 Meter hohen Hügel schon Berge. Umschlossen von den Häuschen der Gartenvereine, stand in nördlicher Richtung der Paunsdorfer Wasserturm auf einem freien Platz mit Grünfläche. Dort spielten wir oft Fußball.

Eines Tages war mitten im Spiel plötzlich ein lautloser Schatten über uns – ein Flugzeug kurz über den Baumwipfeln. Es sah aus wie eine runde Tonne mit Flügeln, jedoch ohne Heckleitwerk. Das war die erste Begegnung mit einer Messerschmitt Me 163 „Komet" (12), das Flugzeug mit dem ersten Strahltriebwerk der Welt, welches in Beucha-Brandis stationiert war. Die Piloten landeten auf der Autobahn, die Richtung Dresden ging, wenn sie keinen *Sprit* mehr hatten und wurden dann abgeschleppt. Das konnten wir vom Fenster aus beobachten.

Hinter dem Wasserturm begann ein Feldweg zum Paunsdorfer Wäldchen. An einer Wegkreuzung wurde ein Erdbunker ausgehoben und darauf eine Flakstellung errichtet. Gleichzeitig wurden hinter dem Wasserturm Baracken errichtet und im

Abstand von rund 200 Metern Fässer mit Sprüharmen aufgestellt. Damit konnte die Wehrmacht bei Fliegeralarm innerhalb von fünf Minuten die ganze Gegend einnebeln.

In den fertiggestellten Baracken wohnten auch russische Kriegsgefangene, die zum Teil Deutsch sprachen und viel handwerkliches Können mitbrachten. Ein Russe bot uns beispielsweise ein selbst gefertigtes Armband aus Messing oder Bronze an. Wer weiß, vielleicht war er in seiner Heimat Goldschmied gewesen.

Auf dem Sportplatz neben unserer Schule wurden ebenfalls Baracken aufgestellt und ein Lager mit polnischen Zwangsarbeitern errichtet. Schwer bewacht vom Militär zogen die Arbeiter jeden Morgen durch unsere Straße zur Maschinenfabrik Mansfeld (13) mit ihren Fabrikanlagen in Leipzig-Paunsdorf – und abends wieder zurück. Ihnen auch nur ein Stück Brot zu geben, das war strengstens verboten.

Anmerkungen zu Kapitel 1:

(1) „Goebbels Schnauze" war die umgangssprachliche Bezeichnung für die Volksempfänger-Rundfunkgeräte, so genannt nach Joseph Goebbels, in der Zeit des Nationalsozialismus einer der engsten Vertrauten Adolf Hitlers und „Einpeitscher der Nazis".

(2) Georg Wilhelm Naumann

(3) Ein malerischer Ort im nördlichen Alpenvorland von Österreich, heute mit 52.000 Einwohnern Landeshauptstadt des Bundesstaates Niederösterreich

(4) Tante Friedel, die Schwester meiner Mutter, war verheiratet mit dem Militärpolizisten Karl Schoch.

(5) Anna Martha Naumann, geborene Reineke

(6) Landschaft, rund 80 Kilometer von Wien entfernt; sie wurde im Jahr 2000 als Kulturlandschaft Wachau zum UNESCO-Weltkultur- und -naturerbe erklärt.

(7) Bedeutender katholischer Wallfahrtsort in der Steiermark

(8) Fast 1.900 Meter hohes, die Landschaft weithin prägendes Bergmassiv; der Name Ötscher kommt aus dem Slawischen und ist von dem Wort für Vater abgeleitet.

(9) Die Stadt gehörte von 1870 bis 1918 und von 1940 bis 1944 zum Deutschen Reich.

(10) Durch die geschichtsträchtige Schlacht von Gravelotte am 18. August 1870 erlangte der kleine Ort traurige Bekanntheit.

(11) Martinsbann war im Zweiten Weltkrieg nach Metz eingemeindet worden.

(12) Die Me 163 der Messerschmitt AG war als Abfangjäger für den Objektschutz mit Raketenantrieb konzipiert; sie sollte eine der „Wunderwaffen" des „Dritten Reichs" für „den deutschen Endsieg" sein.

(13) In der Maschinenfabrik wurden im Krieg Panzer repariert; der riesige Firmenkomplex steht heute noch.

2. Kapitel

Staniolstreifen, Granatsplitter und Flugblätter

Zum „Führergeburtstag" von Hitler am 20. April musste geflaggt werden. Meine Mutter jedoch hat nie eine Fahne aus dem Fenster gehalten. Erst auf Druck des Hauswarts in unserem Block, der ein eingefleischter Nazi war, ist das schließlich doch erfolgt. Der Krieg rückte immer weiter heran. Im Keller unseres Hauses wurden Betonstützen eingebaut und die Kellerfenster zugemauert. Nur ein Luftloch blieb. Ein frisch angelegter Durchbruch zum Nachbarhaus sollte im Falle eines Hauseinsturzes eine Fluchtmöglichkeit bieten.

In dieser Zeit bekam ich eine Einladung zum Deutschen Jungvolk, der Vorläuferorganisation der Hitlerjugend. Meine Mutter und ich gingen auf Bezugsschein ein sogenanntes Braunhemd kaufen, dazu ein schwarzes Halstuch mit Knoten und eine kurze schwarze Cordhose. Nur die zur Ausstattung gehörenden Fahrtenmesser, auf die wir als Jungs sehr *scharf* waren, gab es zu diesem Zeitpunkt nicht mehr. Wahrscheinlich wurde der Stahl für „kriegswichtigere" Zwecke benötigt. Wir waren damals sehr stolz – die Nachmittage vergingen viel zu schnell mit Räuber und Gendarm spielen. Aus Kindersicht brachte die Kriegszeit für uns so manches Abenteuer mit sich. Fasziniert beobachteten wir am nächtlichen Abendhimmel, wenn Flugzeuge im Scheinwerferlicht der Flak ihre Kreise zogen und versuchten, aus dem Licht zu entfliehen. Wir Jungen fühlten uns dann geborgen und beschützt. Aber eigentlich bin ich durch den Krieg schon als Zehnjähriger erwachsen gewesen.

Nun gab es immer öfter Fliegeralarm. Der 4. Dezember 1941 rückte näher, der erste Großangriff auf Leipzig stand bevor. In dieser Nacht schliefen meine Mutter und ich so fest, dass wir den Fliegeralarm überhörten. Die Nachbarn waren bereits alle im Keller, als jemand klopfte und uns aufweckte. Der Strom war längst abgeschaltet. Uns bot sich ein schauriger Anblick: Der Himmel war blutrot vom Flakfeuer, von den Bombeneinschlägen und Bränden in der Ferne. Die Männer wachten auf dem Dachboden, um bei Einschlägen von Stabbrandbomben sofort löschen zu können. Glücklicherweise traf uns keine Bombe. Am nächsten Tag sahen wir jedoch etliche Einschläge auf der Straße und in den Vorgärten. Die Hitlerjungen und wir machten uns einen Spaß daraus, die zur Hälfte abgebrannten Bomben auseinander zu schrauben, um an das begehrte *Rotfeuer* heranzukommen. Was wir so nannten, war wahrscheinlich eine Magnesiumlegierung, die wunderbar rotleuchtend abbrannte.

Am nächsten Tag sind wir Kinder zum Bahnhof Paunsdorf gelaufen. Die Züge fuhren nun von dort ab, der Hauptbahnhof lag in Trümmern. Endlose Kolonnen ausgebombter, rußgeschwärzter Menschen mit Handwagen und Kinderwagen versuchten, ihre letzte Habe in Sicherheit auf das Land zu bringen. Eine Gulaschkanone war aufgefahren worden, Nudelsuppe wurde verteilt. In dieser Nacht starben in Leipzig mehrere tausend Menschen, und geschätzte 100.000 Menschen waren obdachlos geworden. Die ganze Innenstadt stand in Flammen und noch Tage später war es nicht möglich, mit der Straßenbahn von Ost nach West zu fahren. Die Straßenbahnzüge wendeten über sogenannte Kletterweichen, auf die Schienen gelegte Weichen, die über das Straßenplenum auf die Gegenseite wechselten.

Von diesem Dezembertag an mussten wir uns an den nächtlichen Fliegeralarm gewöhnen. Er erfolgte meistens gegen 22:30 Uhr. Im Laufe des Jahres kam der tägliche Vormittagsalarm dazu. Pünktlich um 8:00 Uhr gingen wir zur Schule und hatten Unterricht, bis zum Voralarm. Der ließ nicht lange auf sich warten. Wenn der Alarm vor 11:00 Uhr beendet war, konnten wir zurück in die Schule – bis zum nächsten Alarm, der gewöhnlich nachmittags kam.

Bei klarem Wetter konnten wir die Bomberpulks am Himmel beobachten. Die einzelnen Flugzeuge waren klar zu erkennen, meistens waren es zwischen 15 und 20 Maschinen. Von unten flogen Flakgeschosse dazwischen und trafen ab und zu. Wenn keine Flakabwehr schoss, war es für uns Kinder ein besonderes Schauspiel, die Luftkämpfe zwischen den *Jägern* und *Bombern* am Himmel zu beobachten. Wir sahen mehrere Male, wie die mit Fliegerbomben bestückten Kampfflugzeuge oder auch Jagdflugzeuge bei der Bekämpfung gegnerischer Flugzeuge getroffen wurden und die Besatzung mit Fallschirmen absprang. Nach dem Alarm sammelten wir die Stanniolstreifen auf, die von den Bombern abgeworfen worden waren. Wir suchten Granatsplitter und Flugblätter, die von den Flugzeugen verteilt vom Himmel fielen. Das Aufsammeln und Lesen war verboten. Dennoch habe ich eines gelesen, auf dem der Tod von Roosevelt (1) bekannt gegeben wurde.

Anmerkungen zu Kapitel 2:

(1) Theodore „Ted" Roosevelt junior, ältester Sohn des 26. Präsidenten der Vereinigten Staaten, Theodore Roosevelt, und gegen Ende des Zweiten Weltkriegs einer der höchst-dekorierten der US-Armee, starb in der Nacht zum 12. Juli 1944 in der Normandie an einem Herzinfarkt.

3. Kapitel

Gerade noch einmal davongekommen

Eines Tages, meine Mutter besuchte meine Großmutter in Kleinzschocher im Westen der Stadt, brütete ich nachmittags über meinen Hausaufgaben. Es war gerade Voralarm gegeben worden. Davon ließ ich mich zunächst nicht weiter stören. Plötzlich hörte ich ein Geräusch und sah zwei Flugzeuge über das Depotdach der Straßenbahn auf mich zurasen. Im gleichen Moment zersprang unsere Kaffeekanne auf dem Küchentisch. Ich sprang auf und rannte in das Treppenhaus. Als wieder Ruhe einkehrte, wollte ich wieder zurück in die Wohnung gehen. Da hörte ich in der Nähe Bombeneinschläge. Noch während ich in den Keller rannte, begann die Erde zu beben. Der Fußboden flog mehrmals mindestens 20 Zentimeter in die Höhe. Eine Viertelstunde lang herrschte infernalisches Krachen und dann gespenstische Ruhe.

Nachdem der Alarm vorbei war, sahen wir Bewohner *die Bescherung*. Auf der Hofseite auf dem Trockenplatz war ein Krater von mindestens zehn Metern Durchmesser entstanden, daneben gab es weitere kleine Krater und im Zwiebelbeet ein rundes Loch von etwa 80 Zentimetern Durchmesser. Wir wussten, was das bedeutete: ein Blindgänger, der das Hausdach nur knapp verfehlt haben musste.

Onkel Karl (1) fand mich vor dem Haus sitzend, nahm mich erst in die Arme und begann dann sogleich, unsere Fenster zuzunageln. Onkel Karl war ein sogenannter Kettenhund, Militärpolizist auf dem Leipziger Hauptbahnhof. Er hatte sofort gewusst, das Paunsdorf angegriffen worden war. Stunden später kam meine Mutter zurück und weinte vor Freude darüber, dass mir nichts passiert war.

In unserem Häuserblock hatte jedes Haus drei Eingänge. Unser Nachbarhaus hatte es voll getroffen. Der erste und zweite Eingang waren vollkommen in sich zusammengesunken. Alle Verschütteten waren ums Leben gekommen, darunter fast die komplette Familie Straßberger: die Frau, ihre zwei Töchter und ein Enkelkind. Der Ehemann und Vater der Kinder, Curd Straßberger, grub zusammen mit meiner Mutter mit den bloßen Händen die Leichen seiner Angehörigen aus. Der schmerzhafte Schicksalsschlag war der Beginn einer Freundschaft und wachsenden Liebschaft zwischen meiner Mutter und ihm.

Bei diesem Angriff hatte es auch den Rangierbahnhof Engelsdorf getroffen, der circa 500 Meter von unserem Haus entfernt lag. Wir Jungs liefen hin, um das Chaos zu bestaunen. Besonders beeindruckt hat mich dort eine Lokomotive, die sich mit der Vorderseite in die Erde gebohrt hatte und senkrecht in die Höhe ragte, als wollte sie einen Handstand machen. Nach meiner Erinnerung könnte es eine E-Lok, Baureihe 18, gewesen sein.

Wir sahen uns die Wagen an, die mehr oder weniger zerstört waren. Aus einem kam dicke weiße Kondensmilch herausgeronnen. Wir hielten die Hände unter das klebrige Rinnsal und schlürften, bis uns schlecht war. In einem anderen Wagen fanden wir jede Menge eiserne Kreuze, die wir wie selbstverständlich mitnahmen. Der nächste Zug bestand aus offenen Waggons mit Seeminen, danach folgten Waggons mit weiterer Munition. So zogen wir von Zug zu Zug, bis es uns zu unheimlich wurde. Irgendwo hörten wir es knistern und sahen schließlich einen der Waggons brennen.

Am nächsten Tag zog es uns so bald wie möglich wieder zur Eisenbahn. Diesmal sahen wir Soldaten der Wehrmacht Kartons schleppen und auf einen Lkw verladen. Die Pappkisten waren mit Fleischbüchsen gefüllt, wie wir schnell herausfanden. Die Lkw-Verladung wurde bewacht. Deshalb huschten wir auf Schleichwegen zu der Stelle, wo die Soldaten die Waggons entluden. Manche der Kisten waren aufgeplatzt, aber bereits leer. Da der Weg der Soldaten zum Lkw weit war, folgten wir ihnen. Unterwegs nahmen wir unsere Fahrtenmesser und schlitzten die Pappkisten auf, die ein Soldat auf dem Rücken trug. Während des Laufens erleichterten wir ihn um einige Pfunde, bis er am Lkw ankam. Unsere Methode der Fleischbüchsenbeschaffung ging so lange gut, bis die Feldgendarmerie uns erwischte und fortjagte. Es gab viele verschiedene Dinge *zu organisieren* und so begann ein reger Tauschhandel. So hieß es beispielsweise: eine Schwimmweste gegen Nähgarn.

Nach der Bombardierung unseres Häuserblocks verlegten wir unser Wohnzimmer in den Kohlenkeller. Dort schliefen wir auch, bei beständigem Fliegeralarm. Der Geschützdonner der näher rückenden Front begleitete uns nun ständig. Eines Tages hieß es: ‚Die Amis kommen'. Vorher waren noch eilig Schützengräben auf dem freien Feld hinter dem Straßenbahnhof ausgehoben worden. Dass *die Amis* anrückten, bemerkten wir an dem bedenklich näher kommenden Geschützdonner.

Eines Tages tauchten deutsche Flaksoldaten in unserem Haus auf, die sich vom Feld aus durch die Schrebergärten durchgeschlagen hatten. Wir waren – je nach Blickwinkel – der letzte oder der erste Vorposten von Leipzig. Die Bewohner des ganzen Hauses spendeten die verbliebenen Anzüge von den Männern, die noch im Krieg waren. Meine Mutter gab den einzigen Anzug her, den mein Vater besessen hatte und wünschte dem neuen Träger ‚viel Glück' beim Weiterziehen.

Wenig später hörten wir Panzerketten rasseln und es hieß: ‚Die Amis sind da'. Leipzig war vollkommen eingekesselt, als sie von Osten über die Riesaer Straße kamen und Richtung Innenstadt rollten. Die Riesaer Straße war auf ihrer gesamten Länge gesäumt von Menschen, welche die Panzer freudig begrüßten. Den endlosen Panzerkolonnen folgten Jeeps mit aufgebauten Maschinengewehren.

Anmerkungen zu Kapitel 3:

(1) Karl Schoch, verheiratet mit meiner Tante Friedel, Militärpolizist und später Inhaber eines Pelzgeschäftes in Leipzig am Brühl.

4. Kapitel

Eiserne Währung, Sprengstoff und ein Revolver

Ein Jeep-Konvoi hielt auf der Riesaer Straße an und wir Kinder bekamen von den US-amerikanischen GIs Kaugummi und Bonbons. Ein mir vom Ansehen her bekannter älterer Junge sprach etwas Englisch und unterhielt sich mit einem GI. Plötzlich fiel ein Schuss. Ein Soldat auf einem der Jeeps weiter vorne kippte um und der Junge, der vor ihm stand, hatte einen Armdurchschuss. Was war geschehen? Auf einem Jeep vor uns hatte ein Soldat mit seinem Maschinengewehr *gespielt* und es hatte sich ein Schuss gelöst.

Kurz darauf kam der Befehl für die Kolonne, sich in Bewegung zu setzen und sie fuhr – in unsere Karl-Bücher-Straße. Das Haus mit den drei Eingängen neben unserem und das Haus gegenüber mussten geräumt werden. Die Bewohner hatten in die Keller zu ziehen und oben quartierten sich *die Amis* ein. Unser Haus war nicht betroffen, wahrscheinlich, weil es durch den Bombenangriff ziemlich lädiert aussah.

Am Straßenbahnhof hatten sich derweil die Kriegsgefangenen zu sammeln. Die gefangen genommenen deutschen Soldaten riefen uns ihre Adressen zu. Wir sollten ihre Angehörigen benachrichtigen. Auf dem freien Feld hinter dem Straßenbahnhof sahen wir zwei erschossene Männer in ihren braunen Parteiuniformen liegen – sogenannte Goldfasane – und auf den Gleisen der Straßenbahn war ein Kübelwagen vollkommen zerschossen und ausgebrannt. Wahrscheinlich hatten die Männer den Amerikanern im Kübelwagen entgegen fahren wollen, um zu erkunden, wie weit diese schon vorgerückt waren. Als sie entdeckt wurden, hatten sie vermutlich versucht zu fliehen und waren wohl von *den Amis* eingeholt worden. Das war das erste Mal, dass ich hautnah mit dem Tod konfrontiert wurde.

Die allgemeine Situation normalisierte sich allmählich. Die von uns Kindern *organisierten* eisernen Kreuze sollten wir auf Drängen meiner Mutter wegwerfen. Stattdessen haben wir sie in einem Aschehaufen versteckt und ein, zwei behalten. Wir zeigten sie einem GI, der uns hoch erfreut eine Tafel Schokolade dafür gab. Schnell waren alle Kreuze wieder ausgegraben und wir verfügten über unsere neue Währung: ein eisernes Kreuz gegen eine Tafel Schokolade.

In dieser Zeit schlief meine Mutter in einem der vorgelagerten Schrebergärten bei einer Nachbarin, deren Haus ausgebombt war. Der Mann war noch im Krieg und die Frau hatte Angst vor *vagabundierenden Polen*, die nicht mehr länger in Gefangenschaft, sondern frei und sich selbst überlassen waren. Mein Vater hatte uns aus seiner sozialistischen Vergangenheit einen Trommelrevolver hinterlassen. Diesen Revolver hat meine Mutter sicherheitshalber in den Schrebergarten mitgenommen – nicht ahnend, dass ein Jahr später die Polizei erscheinen und danach suchen würde. Der Kriminalkommissar sollte jedoch die Waffe nicht finden, weil sie zugedeckt in einer Suppenschüssel lag.

Im Juli 1945 marschierten die Russen ein. Die Soldaten fuhren in Panjewagen in endloser Kolonne und die Internationale singend über Riesaer Straße – genau wie vorher die Amerikaner, in Richtung Innenstadt.

Fortan klappte die Versorgung wieder besser, denn die Amerikaner hatten sich um nichts gekümmert und scheinbar alles dem Zufall überlassen. Wir mussten nun auch wieder zur Schule gehen. Ich wurde mit drei weiteren Klassenkameraden zum Gymnasium abkommandiert. Da das Schulsystem im Umbruch war, durfte keine erste Klasse aufgemacht werden und so kam ich in die zweite Klasse der weiterführenden Humboldtschule in Stötteritz. Hier galt es, ein ganzes Schuljahr innerhalb eines Jahres nachzuholen.

Unsere Straße war noch nicht wieder durchgehend begehbar. Um zum Haus zu gelangen, musste man noch über Trümmer steigen. Die Straßenbahnen, mit denen wir zur Schule fuhren, waren ständig überfüllt. Manchmal mussten wir deshalb hinter dem letzten Wagen auf einem schmalen Vorsprung, der so etwas wie ein Puffer darstellen sollte, Platz nehmen. Dennoch war es eine schöne Zeit.

Irgendwo hatten wir Jungs ein *Rezept* für Sprengstoff herbekommen. Das wollten wir *natürlich* sofort ausprobieren. Unkraut-Ex und Anti-Wanzen-Gas, erhältlich in jeder Apotheke, so lauteten die Zutaten. Zu Pulver verreiben, davon einen Teelöffel voll auf einen Stein häufen, einen weiteren Stein darauf legen und aus der Höhe einen dritten, schweren Stein darauf fallen lassen – so hieß es in der Anleitung. Das Ergebnis war beeindruckend: Es krachte fürchterlich – in Abständen von jeweils einem Meter auf die Straßenbahnschienen gelegt, ergab es *das reinste Maschinengewehrfeuer*.

Der Winter 1945/46 brach an. Wir hatten nichts zum Heizen. So kam die ganze Hausgemeinschaft auf die Idee, *Kohlen zu klauen* aus Güterwaggons. Mitten in der Nacht, ich glaube es war 3 Uhr, ging es los. Mit Schlitten zogen wir durch den Schnee zum Güterbahnhof. Dieser war etwas erhöht auf einer Rampe gelegen. Wir Kinder hatten die Aufgabe, die Schlitten zu bewachen. Die Männer und Frauen warfen Briketts herunter, die wir einsammelten. Manchmal zogen auch wir Kinder los zum *Kohle klauen*. Unser Treffpunkt war die von der Besatzungsmacht leergeräumte Fabrik Mansfeld, die sich direkt an der Bahnstrecke Leipzig-Dresden befand. Hier waren während des Krieges Panzer repariert worden. Wir waren beileibe nicht die einzigen, die hinter den Briketts her waren. Ganze Völkerstämme räumten so manchen Waggon leer.

5. Kapitel

Bekanntschaft mit den Hamsterzügen

In der Schule war es ebenfalls zu kalt, sie musste für die Kälteperiode geschlossen werden. Aus diesem Grund haben wir den Unterricht zunächst bei unserem Klassenlehrer Dr. Starke *genossen*. Jeder musste ein Brikett mitbringen, damit es in seinem Haus warm wurde. Kurze Zeit später sind wir in das Gaswerk in Leipzig-Connewitz umgezogen, wo fortan unterrichtet wurde. In der Zwischenzeit übernachtete unser verwitweter Nachbar, den ich Onkel Curd nannte, immer öfter bei uns zu Hause. Von meiner Seite hatte sich ein kameradschaftliches Verhältnis zu ihm eingestellt. Eines Tages brachte er seinen Schwiegersohn mit, der in Wolfenbüttel, also in der englischen Besatzungszone, lebte. Dieser war Betriebsleiter in einer Käserei. Meine Mutter und Onkel Curd folgten seiner Einladung und fuhren einige Tage nach Wolfenbüttel. Ich wohnte derweil bei meiner Großmutter – von dort aus hatte ich es näher zur Schule.

In den ersten Nachkriegsjahren gab es kaum etwas zu essen. Zum Wochenende bin ich des öfteren zum Hamstern aufs Land gefahren. So machten auch wir Leipziger Kinder Bekanntschaft mit den Hamsterzügen und den Leuten, die *schwarz* über die Grenze kamen. Wie viele andere, machte ich mich auf in Richtung Westen. Das bedeutete: Morgens zeitig mit der Straßenbahn nach Schkeuditz, das schon preußisch war, und zur Ausfallstraße Richtung Halle an der Saale. Hier war der Schrecken groß: Es warteten schon an die 100 Leute auf eine Mitfahrgelegenheit Richtung Halle, denn für eine Bahnfahrt brauchte man eine Reisegenehmigung. Der nächste Trecker mit Anhänger, der anhielt, wurde gestürmt – jeder zahlte fünf Reichsmark bis Halle. Das war besser, als 25 Kilometer zu Fuß zu gehen.

In Halle angekommen, ging es mit der Straßenbahn nach Halle-Trotha, zur Ausfallstraße Richtung Könnern-Halberstadt – der nächste Weg Richtung Westen. Hier bot sich ein ähnliches Bild, es warteten noch mehr Menschen. Es galt, erneut einen Trecker zu entern, diesmal für fünf Reichsmark bis Könnern. Dort war für die Treckerfahrten meistens Endstation. Es war auch schon fast Nachmittag. In Könnern konnte man ohne besondere Genehmigung eine Fahrkarte kaufen bis zur nächsten Station und dann im Zug nachlösen. Als der Zug kam, machten wir Kinder es uns auf dem Trittbrett bequem, denn das Innere des Zuges war derart überfüllt, das keiner mehr hineinpasste. Kurz vor Nachterstedt-Hoym gab es meistens eine längere Pause. Es folgte eine längere Steigung und dafür musste der Lokführer erst mal Wasser kochen, sprich Dampf machen.

Meistens war man abends erst in Halberstadt. Der letzte Zug zur Grenze nach Dedeleben war zumeist abgefahren und so musste man im Wartesaal übernachten. Der Raum hatte eine innere Windfangtür. Auf dem breiten Podest über der Tür, das einen geschützten Platz für mehrere Kinder bot, trafen *wir Jungs* uns des öfteren. Insgesamt habe ich diese Touren etwa 21 Mal gemacht. Deshalb kannte man sich untereinander.

Der erste Zug nach Dedeleben fuhr morgens gegen 4 Uhr. Die Wagen waren ohne Fensterscheiben, durchfroren warteten wir auf die ersten Sonnenstrahlen. In Dedeleben angekommen, begab sich ein ganzer Pulk von Menschen in Richtung Grenze. In der ersten Zeit nach Kriegsende war sie nicht bewacht. Erst später kamen *die Russen* zur Grenzbewachung und noch viel später die Polizei hinzu. Volkspolizei gab es damals noch nicht. Die Grenze bildete ein kleiner Fluss mit einer Mühle. Heute ist das Gebäude abgerissen und seiner Stelle steht ein Denkmal.

Hier standen sehr oft russische Besatzungskräfte und *filzten* die Menschen – durchsuchten sie auf ihre mitgeführten Tauschwaren. Aus dem Osten brachten die Grenzgänger besonders häufig Damenstrümpfe mit. Die Textilindustrie war damals in Chemnitz zu Hause. Neben den feinen Strümpfen war auch Schnaps im Westen sehr begehrt. Lebensmittel waren dagegen im Westen billiger. So kostete damals eine Einpfundbrotmarke auf dem *schwarzen Markt* in Braunschweig 22,00 Reichsmark (RM), auf dem *schwarzen Markt* in Leipzig dagegen um die 60 RM.

Wieder einmal gerieten wir in eine Kontrolle. Wir Kinder bekamen *einen Tritt in den Hintern* und konnten weiterziehen, ab in den Westen. Alle anderen mussten nach langem Warten zurück in das nächste Dorf, wurden dort erst zur Kommandantur gebracht und anschließend zum Zug zur Rückreise. Wir Jungs kamen zurück über die Grenze und sammelten die Flaschen ein, welche die Russen vergessen oder weggeworfen hatten. Dann ging es wieder über die Grenze nach Jerxheim. Hier bekam nur eine Fahrkarte, wer eine Bescheinigung über eine Entlausung vorlegen konnte. Also begaben wir uns zur Baracke des Deutschen Roten Kreuzes (DRK) direkt neben dem Bahnhof. Mit einer Riesenspritze wurde solange DDT-Pulver (1) in den Ärmel gespritzt, bis es am Hals wieder herauskam.

In flotter Fahrt ging es anschließend über Börßum nach Wolfenbüttel, wo mich der Schwiegersohn von Onkel Curd und seine Familie gut aufnahmen. Nach dieser Zwischenstation bin ich mit der Straßenbahn nach Braunschweig und weiter mit dem Zug in Richtung Gifhorn, nach Norden auf das Land, gefahren. In Meinersen hieß es, die Bauern *abzuklappern*, um Mehl oder auch andere Lebensmittel einzukaufen, bis der Rucksack so voll war, dass man ihn kaum noch tragen konnte.

Anmerkungen zu Kapitel 5:

(1) Dichlordiphenyltrichlorethan, kurz DDT, ist ein Insektizid, das ab den 1940er Jahren eingesetzt wurde. Später geriet das Mittel unter anderen in Verdacht, Krebs erregend zu sein. In den 1970er Jahren wurde es in den meisten westlichen Industrieländern verboten.

6. Kapitel

Leipzig – Braunschweig und zurück

Einmal war ich nach einer *Einkaufstour* derart müde, dass ich im Wartehäuschen am Bahnhof in Meinersen einschlief. Als mich ein Bahnbeamter weckte, um den Raum abschließen zu können, sah ich gerade noch die Schlusslichter des abfahrenden Zuges. Plötzlich wieder hellwach, lief ich zur Hauptstraße und fand tatsächlich ein Auto, dessen Fahrer mich mitgenommen hat. Auf diese Weise war ich noch vor Eintreffen des Zugs in Braunschweig am Hauptbahnhof.

Der Bahnhof war zu diesem Zeitpunkt nur noch eine Ruine und rings herum stand kein Haus mehr. Die Straßenbahn fuhr jedoch und so bin ich glücklich wieder bei der Verwandtschaft von Onkel Curd in Wolfenbüttel angekommen, wo ich endlich einmal ausschlafen konnte. Am nächsten Tag ging es dann die gleiche Strecke wieder zurück – über Jerxheim, Dedeleben, Halberstadt und Halle an der Saale bis nach Leipzig. In Halberstadt fuhr der letzte Zug nach Halle um 17:32 Uhr und dort sollte man Anschluss nach Leipzig haben. Das war jedoch eher selten der Fall. Selbst, wenn der Zug pünktlich abfuhr, musste der Lokführer mehrmals Wasser kochen, um Dampf für die Steigungen zu machen. Stundenlange Verspätungen waren keine Seltenheit. Glück hatten die Fahrgäste dann, wenn der letzte Zug aus Magdeburg auch mit Verspätung einfuhr. Nur dann hatte man die Chance, noch direkten Anschluss nach Leipzig zu bekommen. Meistens aber war der *Heringszug* aus Magdeburg weg. Das bedeutete für mich und andere, eine weitere Nacht im Wartesaal zubringen zu müssen. Übrigens betrug die Fahrzeit Magdeburg-Leipzig damals drei volle

Stunden – heute sind es gerade noch eine Stunde und 20 Minuten.

Auf einer späteren Fahrt war ich mit meinem Klassenkameraden Dieter Anthony, ein ehemaliger Thomaner (1), unterwegs. Wir waren auf der Rückfahrt von einer Hamstertour. In Jerxheim trafen wir einen Bergmann aus Bochum, der wie wir über die Grenze wollte. Er wollte sich uns unbedingt anschließen, da er den Weg nicht kannte. Wir gingen nunmehr zu Dritt den Weg über die stillgelegte Eisenbahnstrecke Jerxheim-Dedeleben. Weil wir über den Fluss mussten, blieb uns nichts anderes übrig, als die Eisenbahnbrücke zu nehmen. Prompt standen dort *die Russen* als Kontrollposten und nahmen *unseren* Bergmann fest. Doch wir hatten, als wir die Russen bemerkt hatten, noch schnell die Rucksäcke getauscht. Der Bergmann hatte mir zuvor erzählt, dass er Kaffee mit sich führe – und den hätten die Russen mit Sicherheit *konfisziert*. Wir Kinder durften weitergehen. Am Bahnhof angekommen, beratschlagten Dieter und ich, was zu tun sei.

Wir beschlossen, unseren Bergmann *loszueisen*. Während Dieter auf unsere Rucksäcke aufpasste, lief ich zur Kommandantur, zu der sie ihn gebracht hatten. Es war Mittagszeit und der Kommandant hielt sein Mittagsschläfchen. Die Posten vertrösteten mich, ich möge warten. Schließlich war es soweit: Ich wurde in den Keller geführt, wo *bestimmt* 40 bis 50 Menschen saßen. Unter ihnen identifizierte ich schnell *meinen Papa*. Ein Raunen ging durch die Menge. Die Kunde von dem Rucksack voller Kaffee hatte unter den Insassen die Runde gemacht. Keiner hatte geglaubt, dass ich herkommen würde. Alle hatten geglaubt, dass ich mit dem wertvollen Kaffee *stiften gehen* würde. Unser Bergmann war sehr zufrieden darüber, dass alles so gut ausgegangen war. Er schenkte mir sofort eine

Büchse Kaffee, gleich ein ganzes englisches Pfund. Der Wert betrug damals 150 RM. Auf der Rückfahrt von Dedeleben nach Halberstadt saßen wir *komfortabel* auf der Zugtoilette und schnitten uns eine Scheibe Brot ab. Dabei habe ich mir in den Daumen geschnitten. Es blieb eine Narbe zurück, die bis heute zu bewundern ist.

Die Weiterfahrt nach Leipzig verlief problemlos, da es Fahrkarten vom Land in die Großstädte gab – jedoch nicht umgekehrt. Probleme mit der Schule hatten wir nicht, denn unser Lehrer, Dr. Starke, war für Maismehl sehr empfänglich. Daraus wurde das Brot in der britischen und amerikanischen Zone gebacken.

Anmerkungen zu Kapitel 6:

(1) Mitglieder des Thomaner-Chors, gegründet in der Thomaskirche in Leipzig, der langjährigen Wirkungsstätte von Johann Sebastian Bach

7. Kapitel

Duftende Bücklinge als Startkapital

Eines Tages führte mich der Weg nach Bremerhaven, um Fisch zu holen. Schon auf der Hinfahrt warnte man mich davor, der Zug würde auf der Rückfahrt in Wunstorf angehalten und nach Schwarzmarktwaren durchsucht. In Bremen habe ich im Bahnhofsbunker übernachtet, um am nächsten Morgen mein Glück in Bremerhaven zu versuchen. Mit der Straßenbahn bin ich Richtung Fischereihafen gefahren. Ausgestiegen bin ich an der Haltestelle Weserloß. Sogleich kamen mir die ersten Leute aus dem abgesperrten Hafen entgegen und boten mir Bücklinge an.

Ich hatte gerade eine Kiste gekauft, als plötzlich Polizeisirenen ertönten. Alles stob auseinander. Ich bin eine Kellertreppe hinuntergerannt, um mich zu verstecken. Es stellte sich als falscher Alarm heraus. Nur: meine sämtlichen Bücklinge waren nun zerdrückt. Ich fuhr wieder nach Wolfenbüttel zurück – und tatsächlich hielt der Zug in Wunstorf und die Polizei durchkämmte Wagen für Wagen. Meinen Rucksack hatte ich vorsorglich zwischen den Wagenübergängen unter den Bodenblechen versteckt. Das hieß, dass der Rucksack auf der *Ziehharmonika* lag. Meine Maßnahme wäre nicht nötig gewesen, der Zug fuhr schnell weiter. In Wolfenbüttel angekommen, packte ich jeden einzelnen Hering in Butterbrotpapier ein und verstaute meine wertvolle Fracht wieder in der Kiste.

Auf dem Rückweg war einmal mehr in Halle/Saale *Schluss*. Wir mussten erneut im Wartesaal übernachten. Die Heringe dufteten und weckten die Gier der Mitreisenden. Ich konnte mit einem Schlag meine sämtlichen Heringe verkaufen, das Stück für 15 RM. In Leipzig kam ich zwar ohne Heringe an, dafür aber an Startkapital für die nächste Fahrt reicher.

Die Fahrt über die Grenze Dedeleben-Jerxheim entpuppte sich als immer risikoreicher. Es gab nunmehr auch deutsche Polizisten, die kontrollierten, Menschen ohne Interzonenpass sammelten, bis zum Bahnhof begleiteten und wieder zurückschickten. Wir mussten uns einen anderen Grenzübergang suchen. Der Harz bot sich als waldreicher, schwer einzusehender Übergang an. Wir hatten bereits vieles gehört vom Übergang Stapelburg-Eckertal. Der Zug auf der Ostseite fuhr bis Stapelburg und man brauche *nur* über die Eckerbrücke zu laufen und könne auf der Westseite in Eckertal wieder einsteigen.

Der Weg war circa 500 Meter lang. Die Polizei fing jedoch schon in Stapelburg den ganzen Zug ab und schickte alle Insassen zurück. Uns blieb nichts anderes übrig, als weit vorher – in Ilsenburg – auszusteigen und auf der Straße Richtung Stapelburg zu laufen, bis wir links in einem Waldstück verschwinden konnten. Durch den Wald schlichen wir bis zu einer Stelle kurz vor einem Forsthaus, wo ein Graben begann. In diesem konnten wir geduckt laufen, bis wir zu einer Forststraße kamen. So gelangten wir unentdeckt direkt am Forsthaus vorbei, wo die Russen auf der Lauer lagen und später Polizeikräfte.

Wir hielten uns immer in Deckung, die Straße beobachtend, denn hier patrouillierte die Polizei. Sobald *die Luft rein war*, huschten wir schnell über die Straße und durch den angrenzenden Bach, die Ecker – und waren im Westen. Es begann ein endloser Marsch bergauf, bergab durch den Wald bis nach Bad Harzburg. Eckertal erschien uns zu riskant und auf der Strecke fuhr meistens kein Zug mehr.

Insgesamt waren 16 Kilometer zu marschieren, beladen mit einem Rucksack, der doch recht schwer war. Also was tun? Wir organisierten uns einen kleinen Wagen, Rollfix genannt. Er bestand aus einer Plattform mit vier Rädern und Deichsel, ohne Seitenteile. Vielleicht einen Meter lang und 60 Zentimeter breit, konnte man das Gefährt auch bequem tragen. Fortan an bin ich immer mit diesem Rollwagen unterwegs gewesen und brauchte keinen Rucksack mehr zu schleppen.

Einmal war ich mit Onkel Curd unterwegs. Wir waren auf dem Rückweg und mussten feststellen, dass der Bahnhof Ilsenburg von Polizei umstellt war. Das bedeutete für uns, dass wir zu Fuß vier Kilometer weiter bis Drübeck gehen mussten. Erst dort ergatterten wir problemlos eine Fahrkarte.

Razzien wurden nicht nur auf den Grenzbahnhöfen durchgeführt, sondern auch im Inland. Dieter Antony und ich waren wieder einmal in Halberstadt gelandet und wollten eigentlich mit dem letzten Zug um 17:32 Uhr nach Halle an der Saale gefahren sein. Wir standen auf dem Bahnsteig und plötzlich gab es eine Polizeirazzia. Glücklicherweise hatten wir eine Eingebung: Wir könnten auch mit einem Güterzug fahren. Wir liefen also schnell über die Gleise in Richtung Güterbahnhof, der nicht weit entfernt war. Dort fanden wir einen Kesselwagenzug, der nach Halle fuhr. Das konnten wir an den Begleitzetteln ablesen, die an jedem Wagen angebracht waren.

Wir suchten uns ein Bremserhaus aus – *natürlich* nicht das letzte, denn in das stieg der Schaffner ein. So fuhren wir durch die Nacht bis nach Halle. In der Stadt an der Saale angekommen, sahen wir in etlicher Entfernung die Lichter des

Personenbahnhofs. Wir marschierten die Gleise entlang Richtung Bahnhof. Prompt liefen wir der Polizei *in die Arme*. Es gab großes Erstaunen darüber, wo wir herkamen. Anhand unserer Fahrkarten konnten wir jedoch beweisen, dass wir mit dem Zug gekommen waren und *nichts Böses im Schilde führten*. Die Polizisten ließen uns laufen und wir ergatterten am nächsten Morgen noch einen Trittbrettplatz und kamen schließlich heile wieder in Leipzig an.

Anmerkung zu Kapitel 7:

(1) Das Bremserhaus am Ende eines Eisenbahnwagens enthielt die manuell zu bedienende Bremse und schützte den Bahnbediensteten, den Bremser, vor Wind und Wetter; mit der Einführung von Druckluftbremsen verschwand das Bremserhaus nach und nach, nur an Güterwagen war es noch bis in die 1970er Jahre hinein zu sehen.

8. Kapitel

Bebop-Schnitt, Kreppschuhe und Lumberjack

Eines Tages war ein Team vom Mitteldeutschen Rundfunk, MDR, in unserer Schule und suchte für den Kinderfunk Sänger und Sprecher. Mit dem Singen hatte ich ein Problem, aber als Sprecher fand man meine Stimme so interessant, dass ich zur Sprecherziehung eingeladen wurde. Bald darauf hatte ich ein Engagement in der Tasche. Es begann eine sehr schöne Zeit. Für jede Sendung gab es acht Reichsmark, dreimal in der Woche wurde gesendet. Ich war täglich gefragt: den einen Tag zur Probe und Sprecherziehung und am nächsten Tag zur Sendung und Sprecherziehung. Bis 13 Uhr ging ich zur Schule und von dort direkt mit der Straßenbahn in die Springerstraße zum Funkhaus. Beginn war um 14 Uhr, um 15 Uhr Sendung und bis 16:30 Uhr Sprecherziehung. So ging es Tag für Tag, 85 Sendungen lang. Aber wir Kinder hatten viel Spaß dabei. Wir fuhren auch öfter mit dem Ü-Wagen (1) über Land und sendeten aus Dörfern oder direkt aus dem Leipziger Zoo. Die schöne Zeit endete mit meinem Stimmbruch, 1947/48.

Ebenso fanden die Westfahrten *zum Hamstern* ein Ende – mit der Währungsreform 1948. Einmal war ich noch in Wolfenbüttel und daran kann ich mich noch genau erinnern: Es gab Fünf- und Zehn-Pfennigscheine. Die Geldscheine waren halb so groß wie eine heutige Scheckkarte.

Im September 1949 trat ich eine Lehrstelle zur Ausbildung als Fernmeldemonteur bei der Firma RFT Radio und Fernmeldetechnik in Leipzig, vormals Siemens und Halske, an.

Meine Schulzeit war damit beendet – meine Mutter konnte das Schulgeld nicht mehr bezahlen. Wir waren 17 Lehrlinge, darunter zwei Mädchen. Alle kamen vom Gymnasium, keiner war begeistert von der FDJ (2), abgesehen von Zweien. Dennoch bildeten wir alle zusammen eine verschworene Gemeinschaft und fuhren des öfteren nach Westberlin zum Einkaufen. Bebop-Haarschnitt, Kreppschuhe und Lumberjack waren jetzt *der letzte Schrei*, auch bei uns.

Unser Lehrmeister, Herr Meier und unser Werkstattmeister, Herr Seibt waren beide *alte Siemensmänner*, die auch so manchen Spaß verstanden. Eines Tages sind wir zum Avus-Rennen (3) nach Westberlin gefahren. Unser *Langer*, Manfred Bach, kam auf die glorreiche Idee, eine Leiter und einen Stuhl mitzunehmen, damit wir besser würden sehen können. Also haben wir eine Leiter aus der Werkstatt zweckentfremdet und den Bürostuhl von Meister Seibt gleich dazu mitgenommen. Am Montag war dann alles wieder an seinem Platz.

Unsere Lehrlingzeit war gestaffelt: ein Jahr verbrachten wir in der Lehrwerkstatt, neun Monate in der Fernmeldewerkstatt und neun Monate auf Montage. Danach sollten wir unsere Prüfung vorzeitig ablegen können.

Zu jener Zeit flohen 30.000 Menschen pro Monat und verließen die Zone (4). Im Jahr 1951 planten mein Freund Manfred Enghart und ich, Urlaub zu machen. Wir wollten an die Ostsee, hatten aber jeder nur 80 Deutsche Mark (DM) in der Tasche. Wir packten ein Zelt ein und fuhren per Anhalter. *Es wird schon reichen*, so dachten wir. Wir wollten uns morgens an der Autobahn Schkeuditzer Kreuz treffen. Aber es sollte nicht dazu kommen. Ich stand am Schnittpunkt der Autobahn Halle-Leipzig, Nürnberg-Berlin, er stand an der Auffahrt zur Autobahn Nürnberg-Berlin, an der Straße Halle-Leipzig. Nach einigen

Stunden des Wartens fuhren wir zur gleichen Zeit zurück, um einander zu suchen. Wie es der Zufall wollte, trafen wir uns in der Straßenbahn wieder. Aussteigen und umdrehen wäre eins gewesen, aber was sollten wir tun? Nach Hause wollten wir nicht. Noch einmal zur Autobahn zu fahren, dazu hatten wir keine Lust mehr, denn das hätte noch einmal eine Stunde Straßenbahnfahrt bedeutet und es war bereits Nachmittag. Also sind wir auf gut Glück zum Bahnhof gefahren, in der Hoffnung, dass sich dort vielleicht eine günstige Gelegenheit bieten würde wegzukommen.

Dort angekommen, fuhr ein D-Zug ohne Halt direkt nach Berlin. Wir holten uns zunächst nur eine Bahnsteigkarte und inspizierten den Zug. Ganz vorn waren zwei alte Vierachser mit Bremserhäuschen – auf die hatten wir es *abgesehen*. Im Weg waren uns nur zwei *Vopos*, Volkspolizisten, die gelangweilt vor den Wagen standen. Es war eine Minute vor der Abfahrt, als die Vopos gerade wegschauten und wir uns in Trab setzten, um zu den vorderen Wagen zu kommen. In diesem Moment riss die Schaffnerin, die uns kommen sah, einen Wagen auf und schob uns in ein Abteil. Die Tür ging zu und der Zug fuhr los. Wir fanden uns wieder mitten in einer FDJ-Gruppe, die zum Zelten an den Kummerower See fuhr. Wie sich herausstellte, saß im nächsten Wagen eine weitere FDJ-Gruppe. Beide Gruppen kannten sich nicht. Das war unser Glück: *Unsere* Gruppe dachte, wir würden zur anderen gehören.

Anmerkungen zu Kapitel 8:

(1) Ü-Wagen: mobiler Übertragungswagen von Rundfunksendern

(2) Freie Deutsche Jugend: kommunistischer Jugendverband und einzige staatlich anerkannte Jugendorganisation in der Deutschen Demokratischen Republik (DDR); sie wurde als Massenorganisation parallel zur Schule zur Erziehung genutzt.

(3) Die Automobil-Verkehrs- und Übungs-Straße AVUS war 1921 die erste ausschließlich für den Autoverkehr vorgesehene Straße Europas; im Südwesten Berlins gelegen, führt sie vom Funkturm durch den Grunewald bis nach Niklassee; als Teilstück der Autobahn A 115 wurde sie bis 1998 auch als Rennstrecke genutzt, beispielsweise für die Internationalen Avus-Rennen auf einem 19 Kilometer langen Rundkurs.

(4) Die Sowjetische Besatzungszone, kurz SBZ oder Ostzone, umgangssprachlich auch Zone genannt, umfasste auch den sowjetischen Sektor von Berlin; die SBZ war ab Oktober 1949 Staatsgebiet der neu gegründeten Deutschen Demokratischen Republik (DDR); bis kurz vor dem Mauerbau 1961 waren Reisen in die benachbarten Zonen möglich.

9. Kapitel

Urlaub mit Blei im Gepäck

In Berlin haben wir *unsere* FDJ-Gruppe aufgeklärt. Kurz darauf gab es plötzlich einen Halt in Michendorf. Einige *Vopos* stiegen in den Zug, um Reisende herauszufiltern, die über Westberlin in den Westen *rübermachen* wollten. Unser Wagen wurde jedoch nicht kontrolliert. Damit hatten wir zum zweiten Mal auf dieser Reise Glück, denn wir trugen jede Menge Blei im Rucksack mit. Das Blei war beim Abisolieren von Kabeln angefallen. Wir hatten es mitgenommen, um es an einen Schrotthändler in Westberlin zu verkaufen. Nur mit unserer Bahnsteigkarte ausgestattet, erreichten wir schließlich den im Westteil liegenden Anhalter Bahnhof. Gemeinsam mit der Gruppe passierten wir die Bahnsteigsperre und fuhren mit der S-Bahn weiter zum Nordbahnhof (ehemals Stettiner Bahnhof). Hier übernachteten wir alle im Wartesaal.

Am nächsten Morgen trennten sich unsere Wege. Wir begaben uns ins Zentrum Westberlins, die FDJler fuhren weiter nach Malchin (1). In der Nähe des Ku'damms (2) verkauften wir unseren wertvollen Schrott und kauften für den Erlös Büchsen mit Fisch und Anderes. Am Nachmittag fuhren wir zurück zum Nordbahnhof, da es keine Autobahn Richtung Norden und damit keine Chance auf Mitfahrgelegenheiten gab. Es fuhr auch direkt ein Zug nach Stralsund, in den wir einstiegen. Da wir hundemüde waren, machten wir es uns in den Gepäcknetzen *bequem*. In der Tasche hatten wir eine Fahrkarte, die wir aber nur bis zur ersten Station hinter Berlin gelöst hatten: Gransee, etwas weiter nördlich gelegen. Der Zug füllte und leerte sich wieder, wir schliefen tief und fest in den Gepäcknetzen. Der

Schaffner versuchte wohl mehrmals, uns wach zu kriegen. Schließlich gelang es ihm, uns von unserem erhöhten Schlafplatz herunterzuholen. Nun mussten wir doch noch eine Fahrkarte bis nach Stralsund (3) lösen, *gnädigerweise* jedoch erst von der Station an, wo wir gerade Halt machten: bereits kurz vor Stralsund. In der Kreisstadt angekommen, fuhren wir sofort weiter nach Sassnitz (4), wo wir uns im Wartehäuschen einschließen ließen, um dort zu übernachten.

Am nächsten Tag machten wir uns auf den Weg zu den Kreidefelsen, zur Stubbenkammer (5). Unterwegs im Wald fanden wir jede Menge Pilze, die wir von einer Bauersfrau zubereiten ließen. Sie hat uns wohl das Leben gerettet, weil sie erst mal die eine Hälfte unseres Fundes weggeworfen hat. Danach wollte uns auch der Rest nicht mehr schmecken. Wir zogen weiter zum Fischereihafen von Sassnitz, wo wir viele Fischkutter aus Westdeutschland sahen, die ihren Fisch anlandeten. Wir kamen mit Fischern ins Gespräch und sie luden uns auf ihr Schiff ein. An Bord bekamen wir eine große Schüssel mit Bratheringen vorgesetzt und konnten uns wieder einmal richtig satt essen. Zum Abschluss schenkten sie uns einen Riesendorsch.

Nach einer Übernachtung im Zelt sind wir am nächsten Morgen mit einem Milchauto, auf den Milchkannen sitzend, nach Binz (6) auf der Insel Rügen gefahren, unser eigentliches Ferienziel. Ernährt haben wir uns auf Rügen von Feldfrüchten, Kartoffeln vom Feld, von allem, *was man so organisieren konnte* – und von unserem selbst gekochten Dorsch.

Am Ende unseres Ostsee-Urlaubs verlief der Heimweg ähnlich wie der Hinweg: quer durch Mecklenburg. Auch diesmal reisten wir auf einem Lkw sitzend bei fürchterlich staubigen Straßen. Diese waren zum Teil ungepflastert wie beispielsweise auf der

Strecke Stavenhagen-Malchin. Wieder in Malchin angekommen, wollten wir zum Kummerower See (7), um *unsere* FDJ-Gruppe von der Hinreise zu besuchen. Der Schiffsverkehr startete jedoch erst am nächsten Morgen und so verbrachten wir die Nacht im Laderaum des Schiffes mit Personenbeförderung. Am See angekommen, gab es ein großes, aber kurzes Hallo mit der Gruppe, von der wir uns bald wieder trennten.

Über Berlin ging es für meinen Freund Manfred und mich schließlich zurück nach Leipzig. Zu jener Zeit konnte man noch problemlos von Westberlin aus in die Zone fahren. Also fuhren wir mit der S-Bahn über Wannsee nach Dreilinden. Dreilinden lag direkt an der Grenze Westberlin – DDR. Der amerikanische Checkpoint auf der Autobahn war ungefähr 500 Meter entfernt. Man konnte zu damaliger Zeit (noch) mit West-Lkws durch die DDR fahren. An den Raststätten traf sich Ost und West. Kurz danach wurde alles verschärft, die Polizei war ständig präsent auf der Autobahn, Westautos durften keine „Ossies" mehr mitnehmen.

Anmerkungen zu Kapitel 9:

(1) Eine Kleinstadt in Mecklenburg-Vorpommern nahe der Mecklenburgischen Seenplatte

(2) Der Kurfürstendamm, im Volksmund Ku'damm genannt, ist eine der Berliner Hauptverkehrsstraßen und – gesäumt von Handel und Gastronomie – ein touristischer Anlaufpunkt.

(3) Stralsund am Strelasund, einer Meerenge der Ostsee, gilt als Tor zur Insel Rügen; die Kreisstadt zählt mit ihrer Altstadt und ihren unzähligen Baudenkmälern seit 2002 zum UNESCO-Weltkulturerbe.

(4) Der Erholungsort liegt auf der Halbinsel Jasmund im Nordosten der Insel Rügen.

(5) Stubbenkammer heißt die direkte Umgebung des Königsstuhls, ein Kreidefelsen im Nationalpark Jasmund auf der Insel Rügen; der Begriff Stubbenkammer ist aus dem Slawischen abgeleitet, aus *Stopin* für *Stufe* und *kamen* für *Fels*.

(6) Binz, das größte Seebad der Insel Rügen, ist ein beliebter Urlaubsort und bekannt für seine prächtige Bäderarchitektur, schöne Natur und feinen Sandstrand.

(7) Gelegen zwischen den Städten Malchin, Dargun und Demmin, ist er der viertgrößte See in Mecklenburg-Vorpommern.

10. Kapitel

Auf dem Weg zum Staatspräsidenten

Andere Maßstäbe wurden neuerdings auch in unserer Lehre angelegt. Gesellschaftspolitische Themen standen nun im Vordergrund. Wer nicht an FDJ-Veranstaltungen teilnahm, wurde gemaßregelt. Jeden Sonntag gab es eine andere Demonstration, an der man teilnehmen musste. Wer mit Kreppschuhen, Bepop-Haarschnitt und Lumberjack erschien, galt als Klassenfeind. Die Berufsschullehrer der alten Garde *schoben Frust*, einige Junglehrer dagegen zeigten sich klassenkämpferisch und bejahten das System – sie wollten schließlich weiterkommen.

So traf es Karl Pech und mich. Wir durften – entgegen der ursprünglichen Vereinbarung – unsere Lehre nicht vorzeitig beenden. Die Begründung: unter anderem Störung des gesellschaftspolitischen Unterrichts, RIAS-Hetze (1). Doch das wollte ich mir nicht gefallen lassen und ließ wissen, dass ich mich beim Staatspräsidenten der DDR, Wilhelm Pieck, persönlich beschweren wolle. Dieser hatte damals öffentliche Sprechstunden für Bürger. Ich forderte eine schriftliche Begründung. Das Schreiben habe ich prompt erhalten und bin damit nach Berlin gefahren. Bei Wilhelm Pieck bin ich jedoch nie angekommen.

Stattdessen habe ich mich in West-Berlin im Notaufnahmelager (2) gemeldet und bekam Unterkunft in der Schloßstraße. Dort besuchten mich meine Freunde und ehemaligen Arbeitskameraden Manfred Bach, Werner Grau und andere. Sie waren mit dem Fahrrad von Leipzig gekommen und wollten in den Urlaub fahren. Werner Grau hatte beim Kaffeetrinken in Ost-Berlin seine Brieftasche liegen lassen. Kurzerhand fuhr ich mit ihm in den Ostsektor und wir fanden sie tatsächlich wieder. Alle Papiere waren noch vorhanden. Werner Grau war aktiver FDJler – er hätte mich im Osten verraten können, zum Beispiel an die Vopos. Er tat es aber nicht.

Nach circa 14 Tagen wurde ich ausgeflogen, vom Flughafen Tempelhof nach Hamburg. Beeindruckend war der Start mit der viermotorigen Superconstellation, eine der letzten großen Propellermaschinen. Die Maschine flog dicht über die Hausdächer und kratzte fast an den Schornsteinen. Von Hamburg ging es per Bus zum Flüchtlingslager Sandbostel bei Zeven, im Dreieck Stade-Hamburg-Bremen gelegen. Nach einiger Zeit wurde ich Nordrhein-Westfalen (NRW) zugeteilt und kam nach Ostwestfalen-Lippe in das Flüchtlingslager in Stukenbrock. Bis dahin zahlte alles der Staat – die Bundesrepublik Deutschland, meine neue Heimat.

Von Stukenbrock aus kam ich ins Jugendheim Eckardtsheim (3) und erhielt eine erste Arbeit. Tageslohn war eine westdeutsche Mark (DM). Mit anderen Bewohnern des Jugendheims bin ich morgens zum Mühlengrund gelaufen und wir haben dort ein Moor trockengelegt. Ich habe schnell versucht, eine besser bezahlte Arbeit zu finden und konnte bei der Bielefelder Siemens-Niederlassung als Starkstrommonteur anfangen. Wohnen konnte ich im CVJM-Heim in Senne I, solange ich keine andere Bleibe hatte. Ich suchte mir ein Zimmer und fand es bald darauf in der Astastraße in Bielefeld-Brackwede bei Frau Else Pillkahn als Vermieterin.

In der Bundesrepublik herrschte noch immer große Arbeitslosigkeit, es ging nach Kriegsende erst langsam aufwärts. Dennoch wechselte ich von Siemens zur Firma TuN

(4), da ich hier meine Gesellenprüfung ablegen konnte. Dort blieb ich bis zu meiner Selbstständigkeit. Doch das ist ein anderes Kapitel (siehe Kapitel 12).

Bei TuN richtete ich schon nach kurzer Zeit selbständig Telefonanlagen ein und bald darauf besaß ich mein erstes Motorrad, eine Ardie 250 ccm aus Nürnberg. Zuerst war es sehr schwer, in Ostwestfalen Fuß zu fassen. Ich galt immer als „der Junge von drüben". Ich boxte mich jedoch durch und lernte im Karneval ein Mädchen kennen namens Margarete. Sie gefiel mir sehr gut und wir beschlossen, zusammen ein Motorrad zu kaufen und damit das erste Mal zusammen in den Urlaub zu fahren. Das war 1953 und es war der Große Preis von Europa auf dem Nürburgring. Schon die Anfahrt zur Rennstrecke war ein Schauspiel, Tausende von Motorrädern waren unterwegs. Mit viel Glück haben wir noch einen Zeltplatz an der Rennstrecke gefunden. Pünktlich um Mitternacht hupte ein Motorrad in weiter Ferne und wie auf Kommando hupte der gesamte Nürburgring, in einer Schleife von 28 Kilometern Länge.

Nach dem Rennen verbrachten wir noch einige Tage in Traben-Trarbach und besuchten meinen ehemaligen Lehrlingskollegen Manfred Bach in Wiesbaden. Dieser wollte mich von einem Studium überzeugen – er hatte es selbst geschafft, zu studieren. Mich selbst hat damals mehr das Geldverdienen interessiert. Auch die Wege von Margareta und mir trennten sich wieder. So blieb es bei einer schönen, aber kurzen Zeit der Liebe.

In der Zwischenzeit konnte ich über die Fürsprache von TuN meine Facharbeiterprüfung ablegen. Als einziger Prüfling vor der Industrie- und Handelskammer habe ich bei den Stadtwerken Bielefeld meine Facharbeiter-Prüfung abgelegt, mit dem Vermerk „gelernt bei RFT Leipzig, Prüfung abgelegt vor der Industrie- und Handelskammer Bielefeld". Nach mehreren Jahren, in denen ich viel gelernt habe, schickten mich die TuN-Verantwortlichen nach Düsseldorf an das Fernmeldeamt Königsallee. Vom Bielefelder Team hatte ich einen Jungmonteur und einen fertigen Nachrichteningenieur mitgenommen, aber beide musste ich erst anlernen. Meine Aufgabe war es, die Signalisierungen von den Unterämtern des Fernmeldeamts zum Hauptsitz an der Königsallee herzustellen – die Unterämter sollten fortan nicht mehr mit Personal besetzt werden. Für mich war das eine reizvolle Aufgabe, sie hat viel Spaß gemacht und war außerdem sehr lukrativ, denn die Spesen waren *nicht zu verachten*.

Anmerkungen zu Kapitel 10:

(1) RIAS hieß der Rundfunk im US-amerikanischen Sektor von Berlin.

(2) Die sogenannten *Republikflüchtlinge*, die aus der Sowjetischen Besatzungszone und der DDR in den Westen flüchteten, begaben sich ins Notaufnahmelager Marienfelde in West-Berlin, wo sie einen Antrag auf Notaufnahmeverfahren stellten; die Menschen wurden dann nach Westdeutschland ausgeflogen, wo sie zunächst in Flüchtlingslagern untergebracht waren; der Bau der Berliner Mauer im August 1961 bedeutete das Ende der Massenflucht über die Sektorengrenze zwischen Ost- und West-Berlin.

(3) Eine Einrichtung der von Bodelschwinghschen Stiftungen Bethel im Ortsteil Eckardtsheim im Bielefelder Stadtbezirk Sennestadt

(4) TuN ist die Kurzform für Telefonbau und Normalzeit.

11. Kapitel

Von Bielefeld als Vertreter durch die Welt

Nach meiner Rückkehr aus Düsseldorf nach Bielefeld habe ich immer größere Anlagen montiert. Das war eine große Herausforderung für mich, aber ich habe es immer geschafft. Meine letzte Telefonanlage der Baustufe IIIW betreute ich in der Kreisverwaltung in Warburg. Von Freitagabend bis Sonntagmorgen in Tag- und Nachtarbeit mit der Fehlersuche (ohne Bezahlung) beschäftigt, konnte ich sie an einem Montagmorgen fehlerfrei übergeben. Dabei ist mir ein schon etwas älterer Monteur zur Hand gegangen – in der Kreisverwaltung sorgte das für großes Erstaunen, „ein Jungspund" als Obermonteur.

Das Freizeitvergnügen kam in dieser Zeit nicht zu kurz. Regelmäßig besuchte ich mit einem Freund die Tanz-Cafés in der Umgebung. Nachdem wir das einzige in Bad Salzuflen kannten, wollten wir uns das nächste in Rinteln ansehen. Im Café Sinke beim Tanztee fiel mir ein hübsches blondes Mädchen ins Auge, das ich sogleich ansprach. Die Sympathie beruhte auf Gegenseitigkeit, zudem konnte ich mit einem eigenen Fahrzeug – einem VW Käfer – imponieren. In diesem ließ sich die junge Rintelner Dame schon am selbigen Abend nach Hause kutschieren, sehr zum Verdruss ihrer Eltern. Sie ermahnten ihre Karin, nicht zu Wildfremden ins Auto zu steigen.

Die Bundesrepublik hatte zu dieser Zeit einen gewaltigen Nachholbedarf und befand sich im Aufbruch. Die Zeit des

Wirtschaftwunders begann. Natürlich sah ich zu dieser Zeit, dass ringsum *Geld gescheffelt* wurde. Das reizte mich und ich schielte neidvoll auf die vielen selbstständigen Vertreter. Also bewarb ich mich bei der Schweizer Firma Castolin als selbständiger Vertreter für Schweißelektroden und wurde nach einer Schulung in Lausanne eingestellt. Als ich nach der Schulungszeit von dort mit dem Zug zurückkam und in Hameln umsteigen wollte, es war bitterkalt und kurz vor Weihnachten, bedeutete mir der Fahrdienstleiter, meine Karin könne mich nicht abholen, da Glatteis herrsche. Ich möge doch mit dem Zug nach Rinteln fahren. Der Anschlusszug wartete bereits seit mehr als einer halben Stunde auf mich, da unser Hauptzug verspätet angekommen war.

Nach dieser Schulung wurde erst einmal geheiratet – wir schrieben Dezember 1960.

Wir heirateten am 23.12., dem letztmöglichen Termin, an dem meine Mutter und Onkel Curd, inzwischen ihr zweiter Ehemann, zu einem Besuch in den Westen ausreisen durften. Meine Mutter war damals Telefonistin bei der RFT in Leipzig, einem Mitgliedsbetrieb in der Vereinigung volkseigener Betriebe (VVB). Dort wusste man bereits zu jenem Zeitpunkt, das irgendetwas in der Luft lag. Im August 1961 erfolgte der Mauerbau.

Während die große Weltgeschichte ihren Lauf nahm, meldete sich schon im Februar 1961 unser erster Sohn Jörg an. Ich musste also *zusehen*, dass ich Geld verdiente. Ich habe zwar schon Anfang der 1960er Jahre ganz gut verdient und hatte mir durch eine Zusatzvertretung für Sägeblätter der Firma Thoelen (Remscheid) ein zweites Standbein geschaffen. Das war jedoch nicht „der große Wurf". Die Umsätze mit den Sägeblättern konnten das Geschäft mit den Schweißelektroden nicht ausgleichen – ich hatte mir quasi *in den eigenen Finger geschnitten* und manche Firmen für zehn Jahre mit Schweißelektroden versorgt. In dieser Zeit habe ich viel gelernt, unter anderem kaufmännisches Denken und das Verkaufen.

12. Kapitel

Die große Chance zur Selbstständigkeit

Über meinen Jugendfreund Horst Borgsen, der im Jahr 1959 geheiratet hatte, kam ein guter Kontakt zur Firma Krause Rundfunk- und Fernseh-Großhandlung zustande. Durch diese Beziehung kam ich zur Firma Hans Schmidt Rundfunk- und Fernseh-Großhandlung an der Herforder Straße in Bielefeld.

Der Inhaber war gerade erst gestorben. Ich sollte „den ganzen Laden" später übernehmen, wurde jedoch zunächst als Vertreter eingestellt. Auf mein Betreiben hin wurden neue Vertretungen gesucht, wie beispielsweise die Firma PYE Funkgeräte und Multiton-Personensuchanlagen. Trotz Erfolgen war die Schmidt'sche Großhandlung überschuldet und musste 1961 Vergleich anmelden und schließen.

Dieses Ereignis war der Startschuss für meine Selbstständigkeit. Ich musste fortan *auf eigene Rechnung* verkaufen und jemanden für den Service suchen. Als Servicepartner bot sich die Firma Krause in Bielefeld an. Mit dem Geschäftsführer von Krause, Herrn Hugo Balzer, verabredete ich auf Provisionsbasis den Verkauf von PYE + Multitonanlagen. Lange ging das nicht gut – der Werkstattleiter bei Krause hatte *keine Ahnung* von Funkanlagen und war eine *glatte Niete*.

In der Zwischenzeit hatte ich eine Konzession für die Wartung und Montage von Fernmeldeanlagen beantragt. Dies gestaltete sich folgendermaßen: Das für eine Konzession benötigte Werkzeug lieh ich mir von der Firma TuN. Den für

Fernsprechanlagen zuständigen Abnahmebeamten des Fernmeldeamtes der Post, Herrn Flint, kannte ich bereits aus meiner Montagezeit. Ich hatte manchen Disput mit ihm ausgetragen.

Eines Tages kam er zum Kaffeetrinken zu mir nach Hause in die Sennestadt, um die Konzession zu besprechen und die – ausgeliehenen – Werkzeuge in Augenschein zu nehmen. Erst danach *durfte* ich meinen Antrag stellen. Mit der Konzessionsnummer 612 erhielt ich die Konzession. Die Nummer verriet, dass seit 1912 lediglich 612 Konzessionen vergeben worden waren.

Einer meiner ersten Kunden war die Firma Strautmann in Bad Laer. Dort hatte ich Jahre zuvor im Auftrag von TuN eine Telefonanlage mit vielleicht zehn Apparaten installiert. Das Unternehmen war mittlerweile gewachsen und hatte gerade eine Telefonanlage mit 25 Nebenstellen gekauft. Deren Wartung konnte ich übernehmen.

Da ich ein zweites Standbein brauchte, sprach ich mit dem Betriebsleiter von Strautmann, Herrn Klaus Schäbitz. Dieser kam auf die Idee, Rückleuchten für die Landwirtschaft zu produzieren. So gründeten wir ein gemeinsames Unternehmen für die Herstellung von Rückleuchten für Traktoren-Anhänger. Der erste Firmensitz: zwei Garagen in der Bielefelder Flachsstraße. Das Geschäft lief sehr gut an und in kurzer Zeit hatte ich sechs Mitarbeiter.

Wenig später verunglückte Herr Schäbitz tödlich. Ich zahlte seine Witwe aus und fortan gehörte die Firma mir allein. Die Räume in der Flachsstraße waren bald zu klein. So zog ich in eine stillgelegte Tischlerei an der Viktoriastraße in der Stadtmitte Bielefelds um.

Die Produktion florierte und von den überschüssigen Gewinnen kaufte ich Fernsprechanlagen, die ich anschließend vermietete. Das war der Grundstein für die beiden Naumann'schen Unternehmen für drahtgebundene und drahtlose Fernmeldetechnik.

Mir bekannte Vertreter, die regelmäßig die Produzenten von Landmaschinen besuchten, sorgten bald dafür, dass ich einen großen Marktanteil in Nordrhein-Westfalen und Niedersachsen hatte. Monatlich produzierte ich bis zu 3.000 Rückleuchten.

1962 bot mir die Sennestadt GmbH ein Gewerbegrundstück in der Edisonstraße an. Ich ließ ein eigenes Firmengebäude bauen – dank der Volksbank Brackwede, die mir großzügigerweise einen Kredit ohne eine Absicherung einräumte. 1970 feierten wir groß die Einweihung und ich stellte den ersten Fernmeldemitarbeiter ein.

Die Lampenproduktion lief sehr gut. Ich hatte einen Spanier eingestellt, der bereits in Bielefeld in der Flachsstraße für mich gearbeitet hatte und den ich als zuverlässigen Mann schätzte.

Jorge Socias war von 1960 bis 1984 und damit fast 25 Jahre in meiner Firma tätig. Wir produzierten circa 3.000 Rückleuchten pro Monat und belieferten renommierte Firmen wie Claas in Harsewinkel, Kemper in Stadtlohn, Strautmann in Bad Laar, Steinkuhle in Niederntudorf und andere.

Karin, meine Frau, lieferte die Rückleuchten mit dem PKW-Anhänger an die Kunden, in erster Linie Maschinenfabriken für landwirtschaftliche Fahrzeuge, aus. Für unsere drei Kinder und sie war es damals ein Riesenspaß, mit dem Opel Admiral übers Land zu fahren und die Kinder purzelten im Auto durcheinander.

13. Kapitel

Einbruch in die Firma

In diese Zeit fiel auch der erste Einbruch in meine Firma an der Edisonstraße. Elektrische Schreib- und Rechenmaschinen wurden gestohlen, meine Modelleisenbahn wurde ebenso abgeräumt wie weitere Utensilien von Wert. Da ich vom Fach war, begann ich über eine Alarmanlage nachzudenken, die ich auch selber entwickelte und baute. Ich ging von folgender Überlegung aus: Der Aufwand, alle Fenster zu sichern, wäre zu groß gewesen. Also sicherten wir nur die Innentüren, denn die nächsten Täter würden bestimmt durch eine der Türen gehen, um in andere Räume zu gelangen. Über eine Nebenstellenleitung hatten meine Frau und ich von zuhause aus einen direkten Draht zur Firma. Wenn die Anlage scharf gestellt war und es wurde eingebrochen, sollte unser Privattelefon ohne Unterbrechung schellen. Ich hatte für diesen Fall direkt ein Amtszeichen und konnte die Polizei alarmieren.

Meine selbstentwickelte Anlage funktionierte einwandfrei: Eines Nachts um 2 Uhr *standen wir kerzengerade* im Bett. Ich fuhr sofort los zur nächsten Polizeiwache, der Autobahnwache, die damals noch an der Auffahrt zur Autobahn Richtung Westen ihren Sitz hatte. Schlaftrunken wie ich war, überfuhr ich eine rote Ampel. Das wurde mir aber erst bewusst, als mich später die Polizei darauf ansprach. Ein Einsatzfahrzeug war direkt hinter mir gefahren. In dem Moment, als sie mich hatten anhalten und verwarnen wollen, muss die Meldung über den Einbruch über Polizeifunk gekommen sein, denn die Beamten wendeten und begaben sich zur Edisonstraße – zu meiner

Firma. Ich fuhr weiter zur Autobahnwache und zusammen mit den dortigen Polizisten auf dem Randstreifen der Autobahn, bis wir in Höhe meines Firmengebäudes waren. Als ich ausgestiegen und zur Firma gelaufen war, waren die Beamten mit dem Streifenwagen auch schon vor Ort. Die Täter aber waren bereits *über alle Berge*. Als wir Streifen von den Papierrollen meiner Rechenmaschine in den Zweigen eines Baumes hängen sahen, war uns klar: Die Täter mussten eine Panne auf der Autobahn markiert haben und über selbige verschwunden sein.

14. *Kapitel*

Florierende Geschäfte und neue Statussymbole

Beide Geschäftszweige florierten sehr gut und die Firmen entwickelten sich bestens. 1968 hatte ich die Vertretung der Firma TEKADE übernommen, welche Marktführer im Automobiltelefongeschäft waren. Da die TEKADE Felten und Guilleaume anschließend an PKI (Philips) verkauft wurde, fiel mir auch die Vertretung von PYE zu. Den Service von Autotelefonen ließ ich anfangs vom Dienstleistungspartner Flöttmann erledigen, da ich zu dieser Zeit noch *zu wenig Ahnung* von dieser Technik hatte. Diese Jahre waren die Zeit des großen Verteilens – das Autotelefon war zum Statussymbol geworden. Das Unternehmen Bertelsmann in Gütersloh bestellte zum Beispiel 20 Autotelefone, deren Lieferzeit sich über anderthalb Jahre erstreckte.

Zum Geschäftsführer der Zweigstelle Essen von TEKADE, Hans-Jürgen Braun, hatte ich ein sehr gutes Verhältnis. Gemeinsam kamen wir zu dem Schluss, es müsse eine Vertriebstagung geben, um den Vertrieb zu koordinieren. Also wurde nach Muggendorf in die Fränkische Schweiz eingeladen. Dabei habe ich festgestellt, dass ich wahrscheinlich der erste und einzige Handelsvertreter der Firma Tekade war – nach dem Vertrag mit mir waren ausschließlich Händlerverträge abgeschlossen worden. Dieses Privileg ließ ich mir später mit 100.000 D-Mark *vergolden*. Das war mein Abfindungsbetrag für die Umwandlung des Handelsvertretervertrags in einen Händlervertrag.

1981 ließen wir an der Edisonstraße einen Anbau errichten und eröffneten unsere neue Funkwerkstatt. Fortan waren wir in der Lage, Service und Einbau der Anlagen selbst zu übernehmen. Von diesem Zeitpunkt an wurde *quasi Geld eingesammelt*. Eine Telefonanlage wurde gebraucht von SEL Hannover für 1.000 D-Mark eingekauft und für 250 D-Mark pro Monat zehn Jahre lang vermietet. Ein Vertreter wurde eingestellt, die Firma in die Rolf Naumann Fernmeldeanlagen GmbH umgewandelt und Karin eröffnete die Firma RONA Funkservice, die sie als Inhaberin führte.

1984 folgte die nächste Errichtung einer neuen Halle für größere Fahrzeuge. 1987 trat Sohn Jörg ins Familienunternehmen ein. Zu diesem Zeitpunkt erbrachten beiden Firmen jeweils zwei Millionen D-Mark Umsatz. Leider erkrankte Jörg an Diabetes, so dass wir gemeinsam beschlossen zu verkaufen. Zu diesem Zweck nahm ich während der Hannovermesse 1989 Verbindung mit Herrn Domröse, Geschäftsführer von Hagenuk, auf. Ich kannte ihn von der TEKADE. Er signalisiert sofort starkes Kaufinteresse und stellte den Kontakt mit dem Mutterkonzern von Hagenuk, der Salzgitter AG, her.

Meinen Freund Adolf Heißenberg, Bruder einer Jugendliebe von mir, beauftragte ich mit den Verhandlungen mit Salzgitter. Diese erwiesen sich als sehr Erfolg versprechend, jedoch langwierig. Nach endlosen Verhandlungsgespächen, die sich über ein Jahr hinzogen, stand der Kauftermin fest: 30. Juni 1990. Vor dem Kaufvertrag wollte die Unternehmensgruppe Einsicht in unsere Buchhaltung haben. Davon sollte keiner erfahren, denn das hätte für unsere Firma existenzielle Folgen haben können. Deshalb kamen die Prüfer der Konzernrevision von Salzgitter abends nach 19 Uhr und verließen unser Büro morgens gegen 5 Uhr. Sie hatten *nichts zu beanstanden* und auch der Kaufpreis stand fest. Am 29. Juni 1990 bekam ich ein Fax mit der Bestätigung, allerdings stand darin der Zusatz „vorbehaltlich der Genehmigung durch den Aufsichtsrat von Salzgitter". Das war nicht abgesprochen gewesen und so platzte der erste Notartermin.

Trotz aller Beteuerungen seitens der Firma Hagenuk, die Genehmigung sei *eine reine Formalität*, habe ich mich nicht darauf eingelassen. Es wurde der Aufsichtsratstermin abgewartet und ein neuer Notartermin anberaumt. Der Aufsichtsrat tagte mit dem Ergebnis, die Genehmigung zu erteilen mit der Auflage, den Kaufpreis um eine halbe Million D-Mark zu reduzieren. Jetzt war *guter Rat teuer*. Herr Domröse als Hagenuk-Geschäftsführer wollte *unbedingt* die beiden Firmen kaufen, und ich wollte verkaufen. Also rechneten wir gemeinsam alles durch und stellten ein Finanzierungsmodell auf: Ein Mietvertrag für die Firmengebäude wurde für zehn Jahre abgeschlossen und die Miete auf das Doppelte erhöht. So waren 250.000 D-Mark kompensiert. Auch die geplanten Umbaukosten von 300.000 D-Mark war das Unternehmen Hagenuk bereit, komplett zu übernehmen. Damit war eine Summe von fast 600.000 D-Mark erreicht. Und so kaufte der Mutterkonzern, die Salzgitter AG, unsere Firma und gab sie an ihre Tochtergesellschaft, die Hagenuk weiter. Mit großem Erfolg waren die beiden Naumann'schen Familienunternehmen zum 1.7.1990 verkauft.

Anmerkung:

Die Wartungspflicht wurde 1989 aufgehoben und eine Telefonanlage, die 1988 noch 16.000 DM kostete, war 1995 für 800 DM zu beziehen.

Anhang

Rolf Naumann - Mein Leben im Zeitraffer

29.01.1935	geboren in Leipzig-Kleinzschocher.
1935 - 1951	aufgewachsen in Leipzig-Paunsdorf
1945 - 1949	Humboldtgymnasium in Leipzig-Stötteritz
1949 - 1952	Lehre als Fernmeldemonteur beim Unternehmen RFT – Radio und Fernmeldetechnik – in Leipzig, vormals Siemens und Halske
Juli 1952	Wechsel nach West-Berlin, Meldung im Notaufnahmelager, Zuweisung einer Unterkunft in der Schloßstraße, Aufnahme im Flüchtlingslager Sandbostel bei Bremervörde
August 1952	Flüchtlingslager Stukenbrock (heutige Polizeischule), dann Jugendheim Eckardtsheim in Bielefeld-Sennestadt und anschließend CVJM-Heim in Senne 1, Hellweg, Arbeit als Starkstrommonteur
ab Herbst 1952	Zimmer in der Astastraße in Bielefeld-Brackwede

Mitte der 1950er: Mutter Anna Martha Naumann, geborene Reineke, heiratet *Onkel Curd*, Curd Straßberger

1952 - Ende 1960: Fernmeldemonteur bei Telefonbau und Normalzeit (TuN)

1958	Kennenlernen Karin Brill beim Tanztee im Café Sinke in Rinteln
23.12.1960	Hochzeit mit Karin, im Beisein meiner Mutter und ihres zweiten Ehemannes Curd, die zum letzten Mal aus Leipzig zu einem Besuch in den Westen ausreisen durften.

August 1961	Mauerbau
24.10.1961	Geburt des ältesten Sohnes Jörg
1961	Gründung der beiden Firmen für drahtgebundene und drahtlose Fernmeldetechnik: die Rolf Naumann Fernmeldeanlagen GmbH (Inhaber Rolf Naumann), die auch mit Rückleuchten für Landwirtschaftsfahrzeuge handelte und die Rona Funkservice (Inhaberin Karin Naumann)
1962	Kauf eines Gewerbegrundstücks an der Edisonstraße in Bielefeld-Sennestadt, Bau eines eigenen Firmengebäudes, fortan Sitz der Rolf Naumann Fernmeldeanlagen GmbH und der Firma Rona Funkservice
24.4.1966	Geburt der Zwillinge Frank und Rolf
1970	Kauf eines Reihenhauses am Havelweg 24 in Bielefeld-Sennestadt
1970	Einweihung des Firmengebäudes, neuer Sitz der Rolf Naumann Fernmeldeanlagen GmbH und der Rona Funkservice
1.7.1990	erfolgreicher Verkauf der beiden Firmen an die Salzgitter AG, zur Weitergabe an deren Tochtergesellschaft Hagenuk
ab Juli 1990	Rentier
ab 1994	Wohnsitz in Weißensee, Österreich und Wohnsitz in Bielefeld-Sennestadt

Schlussbemerkung

Weißer Jahrgang: Als weiße Jahrgänge werden umgangssprachlich die Angehörigen jener Geburtsjahrgänge bezeichnet, für die als junge Männer keine Wehrpflicht besteht und die keinen Wehrdienst zu leisten haben.

Zeitfracht Medien GmbH
Ferdinand-Jühlke-Straße 7
99095 Erfurt, Deutschland
produktsicherheit@kolibri360.de